LES ÉDITIONS Z'AILÉES
22, rue Ste-Anne C.P. 6033
Ville-Marie (Québec) J9V 2E9
Téléphone : 819-622-1313
Télécopieur : 819-622-1333
www.zailees.com

DIFFUSION ET DISTRIBUTION : MESSAGERIES ADP
2315, rue de la Province
Longueuil (Québec) J4G 1G4
Téléphone : 450-640-1237
Télécopieur : 450-674-6237
www.messageries-adp.com
*filiale du Groupe Sogides inc.,
 filiale du Groupe Livre Québécor Media inc.

Infographie : Impression et design Grafik
Illustration de la page couverture : Mary Racine
Maquette de la page couverture : Impression et Design Grafik
Texte : Amy Lachapelle
Crédit photo : Mylène Falardeau

Impression : septembre 2011
Dépôt légal : 2011
Bibliothèque nationale du Québec
Bibliothèque nationale du Canada

ISBN : 978-2-923910-03-1

Imprimé au Canada sur papier recyclé.

Les Éditions Z'ailées remercient la SODEC
pour l'aide accordée à leur programme
de publication.

SODEC
Québec

Gouvernement du Québec — Programme de crédit d'impôt pour
l'édition de livres — Gestion SODEC

Amy Lachapelle

Le monde de Khelia

Carnet de voyage
Tome 7

Roman

« *Le plus beau voyage, c'est celui
qu'on n'a pas encore fait.* »
Loick Peyron

Chapitre 1

Premier jour

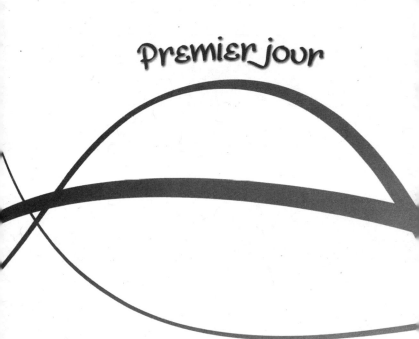

Mes pieds sont officiellement en Californie! L'aéroport de Los Angeles est impressionnant. Mais l'attribut qui le décrit le mieux : bondé. Il y a des gens qui occupent tous les centimètres carrés, du bruit, des odeurs bizarres en prime. Tellement que j'en suis étourdie. Seulement quelques minutes ont passé depuis que je suis en Californie et déjà, je voudrais remonter dans l'avion et retourner chez moi. Qu'est-ce que je fais ici déjà?

Je dois me rendre au débarcadère afin d'y repêcher ma valise ultra-trop-pleine-à-craquer. C'est là que mon oncle est supposé m'attendre, accompagné de ma cousine et de ma tante. Je fais le piquet devant le tapis qui roule en faisant un bruit d'enfer. Les gens se bousculent pour atteindre leur valise. Le bourdonnement des gens qui s'énervent me donne mal au cœur. À moins que ce soit le stress qui a cet effet sur moi? Je pourrais toujours mettre ça sur le dos du décalage horaire!

Je vois mon énorme valise haute en couleur passer devant moi – je l'avoue : elle est voyante comparativement aux autres, mais tellement facile à repérer sur le chariot! Il y a tellement de monde qui poireaute autour du débarcadère que j'ai peine à me frayer un chemin pour l'attraper. Après un effort ultime, mon bagage tout neuf me suit enfin doucement derrière moi. J'ai les bras chargés de mon sac à main et de mon fourre-tout; j'ai l'air d'un âne… d'un âne complètement perdu. Je plonge mon regard dans la foule, espérant croiser un regard familier. C'était quoi déjà l'idée de m'aventurer dans cet endroit complètement inconnu?

Je ne me suis jamais sentie aussi seule et déboussolée. Je regrette ma trop grande initiative. Si je ferme les yeux, y a-t-il une chance que je sois chez moi en les rouvrant? Je ferme les yeux quelques secondes, au milieu de cette foule trop bruyante. Je ne crois pas réellement que je vais me téléporter chez moi. J'essaie plutôt de retrouver mon calme.

En les rouvrant, coup de chance, j'aperçois mon oncle. Du haut de son mètre quatre-vingt, il s'approche de moi. Enfin! Les battements de mon cœur ralentissent, je me sens rassurée. Il me sert dans ses bras, comme s'il avait pu lire mon angoisse uniquement en croisant mon regard. C'est très réconfortant et, du coup, je me sens beaucoup mieux. Ma cousine est à ses côtés, toute souriante. Sophie-Ann, d'un an ma cadette, fait un pas devant et me saute au cou à son tour. Je dois avouer que, même si cette attitude accueillante me réconforte, mes hôtes me prennent par surprise en étant aussi… chaleureux. C'est que je les connais très peu, car mon oncle a décidé d'emménager en Californie

alors que ma cousine n'avait que sept ans. Depuis ce temps, ils sont venus au Québec seulement deux fois. Alors ce sont un peu des étrangers pour moi, même si nous avons le même sang.

— C'est génial que tu sois ici! dit-elle super-contente-voire-un-peu-trop-excitée.

— Je suis très contente moi aussi d'être enfin arrivée, soupiré-je.

— J'ai mille choses à te montrer. Tu te plairas ici, c'est certain! Viens, laisse-nous t'aider avec tes sacs. Tu ne peux apporter ça toute seule, c'est beaucoup trop lourd.

En deux temps trois mouvements, il ne reste plus que mon sac à main à mon bras. Sophie-Ann a pris tout ce que je tenais et… a tout donné à son père. C'est lui maintenant l'âne! Sans même me laisser le temps de placer un mot, elle enchaîne :

— Daddy, peut-on se promener un peu à L.A. avant de retourner à la maison? Il faut que Khelia voie Hollywood, c'est un *MUST* ici!

Ma cousine parle avec cet accent anglais si mignon! Avec son teint bronzé, ses longs cheveux cendrés, on dirait une miniactrice américaine!

- Hum, respire un peu, jeune fille! Probablement que Khelia est fatiguée, avec le décalage horaire et tout... Je propose qu'on revienne demain, OK? Laisse-lui le temps de respirer un peu l'air de la Californie.

Sophie-Ann fait une petite moue – un peu comme je l'aurais probablement fait moi-même – et accepte sans trop riposter. En fait, Michel a un peu raison. Je suis partie tôt ce matin et pour moi, la journée sera longue, car elle durera trois heures de plus que d'habitude! J'aimerais donc me familiariser avec ma nouvelle maison plutôt que de visiter toute la journée. De toute façon, je suis ici pour trois mois, alors rien ne presse, non?

Je me sens un peu bizarre en dedans. C'est comme si j'avais le goût de mon angoisse dans la bouche. J'ai mal au cœur et, en même temps, j'ai l'impression que ce dernier fait des bonds. Comme s'il ne savait plus vraiment sous quel rythme battre! Pourtant, il n'a qu'à faire comme d'habitude, il n'a rien à apprendre ici, lui… Ce n'est pas comme moi. À l'idée de devoir sortir « mon anglais », j'en deviens étourdie.

Ma tante nous attend dans la voiture, parce que c'était beaucoup plus simple que de devoir se stationner. Je me glisse sur la banquette arrière en lui soufflant une bise.

La maison de mon oncle est à environ deux heures de Los Angeles. Le paysage sur la route est fantastique. Je n'ai jamais rien vu de tel! Nous étions en pleine ville et, tout à coup, le désert, les cactus et même les montagnes sont apparus à travers la fenêtre! Le décor est magnifique, digne d'un film de cowboy hollywoodien. Je n'aurais jamais cru que la Californie ressemblait à ça! Je pensais que c'était seulement des plages et Hollywood. J'étais dans le champ… un champ de sable!

Je ne détache pas mon regard de ces paysages à faire rêver, tout en répondant à peine aux questions que ma tante me pose. C'est plutôt rare que je sois poche comme ça, mais ils auront bien le temps dans les prochaines semaines de découvrir que je suis une machine à paroles en temps normal!

Lorsque la voiture se gare dans l'entrée, je suis un peu surprise de réaliser qu'il n'y a pas de gazon. Nulle part! C'est tellement étrange. La maison a vraiment l'air comme dans la série américaine que j'aime bien écouter (en traduction française évidemment) le jeudi soir. Bon, en plus petite, bien sûr; mon oncle et ma tante ne sont pas riches à craquer!

C'est au moment où je mets le pied hors de l'auto que j'ai ma plus grande surprise. Il fait terriblement chaud! Avec l'air conditionné de l'aéroport et de la voiture, je ne m'étais pas rendu compte que c'était la canicule. Systématiquement, j'essuie sur mon front la sueur qui a déjà commencé à perler.

- Aille, c'est une journée chaude!

Ma tante sourit.

- Tu devras t'habituer, car c'est ça l'été ici!

- Pour vrai? Il doit faire 1342 degrés!

Et j'exagère à peine!

Nous rentrons enfin dans la maison, qui est beaucoup plus fraîche. Vive le béton!

Je dépose mes valises par terre et regarde frénétiquement autour de moi. Voilà donc mon chez-moi, je dois maintenant m'y faire!

D'être parvenue à destination me soulage. Enfin!

- Ta chambre est juste à côté de celle de Sophie.

C'est tellement beau la façon que Manon dit Sô-phie, avec le petit accent sur la première syllabe. J'aimerais bien avoir cette façon si singulière de prononcer les mots.

- Tu peux t'installer pendant que je prépare le lunch.

Au même moment, mon ventre fait un bruit du genre vrombissement-nourrissez-moi-je-meurs. Je dépose mes bagages et me laisse tomber sur le lit tout en lâchant un soupir. Ma cousine me regarde faire et m'interroge :

- Ça ne va pas?

- Non, non tout est sous contrôle. Seulement le vol m'a un peu… étourdie.

- Tu as le mal de l'air?

- Un peu.

Vraiment? Non, en y repensant, je ne crois pas que ce soit le cas. C'est plutôt toute ma nervosité que je viens de lâcher en un seul coup dans cette expiration. Pour moi, la journée a été comme une montagne russe d'émotions. J'ai le goût de pleurer. Pas que j'aie particulièrement de la peine, car en réalité, au fond de moi, je suis enchantée d'être ici et je le sais. Mais j'ai l'impression d'avoir passé dans un mélangeur. Je sais que je vais m'ennuyer. Je suis dépaysée. Du coup, je suis heureuse d'être ici : un rêve.

Je ne peux pas dire tout ça à Sophie-Ann. De toute façon, elle ne comprendrait pas. Elle semble si contente que je sois là, elle en bondit presque sur mon nouveau lit. Alors, lui expliquer que je me sens mélancolique, je ne pense pas qu'elle apprécierait.

Je lui souris donc, en lui demandant si elle voudrait bien m'aider à m'installer.

- Oui! Avec plaisir!

Bon, son enthousiasme m'énerve un peu, mais on va faire semblant qu'il y a des circonstances atténuantes : elle est super heureuse d'avoir « une sœur » pour les trois prochains mois… et elle est encore jeune!

Pendant que nous plaçons mes vêtements dans la garde-robe et les tiroirs de la commode, nous apprenons à mieux nous connaître.

- As-tu un *chum*? me demande-t-elle.

- Oui.

- Comment s'appelle-t-il?

- Il s'appelle Antoine.

- Wow! Tu es chanceuse. Moi, mes

parents ne veulent pas que j'en aie un. Pas avant mes quinze ans. Alors dans un an, j'aurai enfin le droit!

Je lui demande donc en rigolant :

- Et il en a un qui t'intéresse pour que tu dises ça?

- Bah, *not really...* dit-elle en rougissant.

- Et comment il s'appelle?

- ...

Ce silence dit tout. Il faudra que je creuse pour découvrir qui est l'élu de son cœur! Mais plus tard, je suis certaine qu'elle partagera cette confidence.

- Et comment est l'école?

- C'est génial... Tu vas adorer, j'en suis certaine.

- J'en doute... Je ne parle pas beaucoup anglais.

- Mais tu vas apprendre très vite, voyons! Quand je suis arrivée ici, tout ce que je savais dire, c'était *one, two, three*. Je doute que tu sois si nulle!

- Tu as raison, je connais aussi *toaster*, dis-je en grimaçant.

Je sors mes effets personnels et les dépose sur la commode.

- *Crazy!* Tu as un portable!

- Mes parents me l'ont acheté avant de partir… Je crois qu'ils avaient peur de s'ennuyer.

Ma cousine s'esclaffe. Nous passons encore quelques minutes à placoter jusqu'à ce que mon oncle nous invite à venir dîner. J'ai tellement faim! Le déjeuner que j'ai à peine avalé dans l'avion est loin!

En après-midi, ma cousine me fait découvrir le voisinage. J'ai pris plusieurs photos pour les envoyer à mes parents, à

Noémie et à Antoine. Ils n'en croiront pas leurs yeux! Tout en prenant de merveilleux clichés, j'ai aussi attrapé... un coup de soleil. Même si je suis bronzée, il semble que le soleil de la Californie soit plus rayonnant que celui du Québec!!

En soirée, je me suis connectée sur Skype pour parler à mes parents. J'ai trouvé rassurant de les voir. Il faut croire que c'est pour ça qu'ils sont là! Je me sens un peu fille-trop-accro-à-ses-parents!

Malheureusement, Antoine n'était pas devant son ordinateur ce soir. Je lui ai donc envoyé un méga courriel avec, en pièces jointes, quelques photos que j'ai prises aujourd'hui. Il pourra voir ma famille temporaire, où j'habite. J'ai même une photo de moi où je lui souffle un baiser. Je termine mon courriel avec : *Fais de beaux rêves, mon amour.*

Je m'assois par terre pour ranger mon

portable dans son sac. Au fond, mes doigts touchent quelque chose de rugueux. Qu'est-ce que c'est? Mon index et mon pouce agrippent maladroitement ce qui semble être un livre. Dans mes mains, je tiens un carnet de notes, rose bonbon, qui paraît être fait en papier mâché.

Le carnet de Noémie!

Avant mon départ pour la Californie, Noémie m'a remis ce carnet, soigneusement emballé dans un sac-cadeau. Elle m'a dit : « Tu ne peux pas partir sans un cahier où tu pourras tout noter. Ce voyage est un moment important dans ta vie, mets-y ta couleur. » Cette Noémie peut tellement être poétique quand elle veut!

Malgré tout, elle avait absolument raison. Je dois garder un souvenir de tous les détails de ce voyage. Je collerai dans ce carnet des photos, des souvenirs. J'ouvre donc la première page et écris en grosses lettres : *Voyage en Californie – 2011*. Je prends mon crayon rouge et ajoute un motif autour de chaque lettre. Avec mes stylos bleu et mauve, je dessine des lignes, des cercles pour agrémenter mes lettres. Parfait! Un vrai chef-d'œuvre!

Je change de page. Jour 1. Mon arrivée. Rapidement, j'écris un long paragraphe qui raconte mon arrivée. Mes angoisses, mon petit bonheur de voir « ma famille adoptive » à l'aéroport. La route que j'ai faite pour me rendre ici, le décor et, bien sûr, l'ennui. L'ennui que j'éprouve déjà pour Antoine, Noémie, mes parents, Samuel. Tous ceux qui sont chers à mes yeux et que j'ai dû quitter pour les prochains mois.

Une larme coule sur ma joue. Je me sens toute drôle en dedans, mon estomac est encore noué. Penser à tout ce que j'ai laissé derrière moi, à Sainte-Patrie, me rend émotive.

Je crois que je suis fatiguée. C'est sûrement ça : la fatigue a pris le dessus. Cette journée a été longue pour moi. Je tire sur mes couvertures pour me glisser dans mon lit. Je range mon carnet de voyage dans le tiroir de ma table de nuit.

Je compte bien m'en servir régulièrement.

Chapitre 2

Le chemin des étoiles

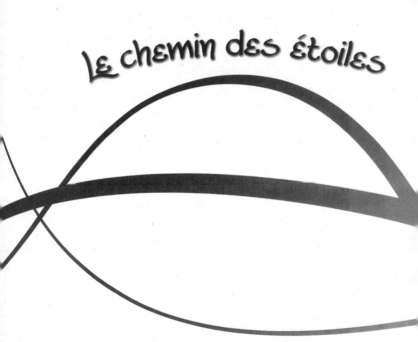

Ma cousine me tire du lit pour aller déguster la tonne de gaufres que son père a préparée. Le décalage horaire dáns le corps, je réussis tout même à me décoller les yeux pour apprécier le déjeuner devant moi. Un soleil radieux plombe la grande fenêtre de la cuisine. J'ai l'impression de vivre dans un film. Ne me pincez pas que je continue à rêver! *American dream!*

La planification de la journée est déjà faite. Exceptionnellement, nous retournons dans la grande ville aujourd'hui afin que je puisse y voir les principaux attraits. Hollywood Boulevard, la plage, les maisons de riches... nous n'aurons clairement pas le temps de nous ennuyer. Chaussée de vêtements et de sandales confortables et armée de mon appareil photo, je suis prête à attaquer les rues de Los Angeles.

C'est ma cousine qui, avant même mon

arrivée en terre américaine – ou plutôt états-unienne comme dirait mon prof de géo parce que le Canada et le Mexique sont aussi en Amérique – a convaincu son père de faire le tour de Los Angeles dès ma première fin de semaine. À ce que j'en ai compris, il n'était pas chaud à l'idée, mais il faut croire que, tout comme moi, ma cousine n'est jamais à court d'arguments. Ce doit être dans notre sang!

Je suis excitée à l'idée de peut-être croiser une vedette de cinéma. On ne sait jamais! Je sais que la ville est grande, même gigantesque, mais j'ai assurément plus de chance d'en voir qu'au centre-ville de Sainte-Patrie! J'ai vu sur Internet des jeunes de mon âge qui sont venus ici et qui ont eu la chance de poser avec des célébrités. J'en ferais des jalouses si j'arrivais à accomplir un tel exploit à mon tour! Ça deviendrait clairement ma photo de profil sur Facebook!

Si jamais je ne vois pas de méga star, du moins, j'aurai la possibilité de voir le Kodak Theater. Et ça, c'est *cool!* C'est là que la soirée des fameux Oscars se déroule chaque année. Il semblerait que même l'escalier soit impressionnant. Avant mon départ, la curiosité de Noémie a été plus forte que la mienne. Elle a donc fait une tonne de recherches et m'a énuméré les choses-absolument-incontournables-que-tu-ne-dois-pas-manquer. J'ai donc suivi ses conseils et fais une liste des *musts*, comme dit Soph. Ma liste est longue parce qu'il y a beaucoup d'endroits géants ici!

En fait, je crois que tout est plus que géant ici! Probablement que même visiter des toilettes doit être spectaculaire dans cette ville!

Après m'être habillée confortablement pour l'expédition « losangelesienne », je me prépare un sac dans lequel j'enfonce mon appareil photo, une bouteille d'eau et plusieurs trucs utiles comme un baume à lèvres.

Nous sommes prêts à partir. Il est encore tôt, ainsi nous aurons la chance de profiter de la journée. J'ai l'impression que le trajet pour se rendre dure une éternité. Ma cousine est une vraie pie; elle parle tout le temps. Habituellement, c'est moi qui ai la bouche qui se fait aller avec autant de rythme. J'ai de la compétition!

Assises toutes les deux à l'arrière de la voiture, elle me montre des photos qu'elle a dans son cellulaire. Eh oui, la chanceuse, elle a un cellulaire – ironie du sort, elle n'a pas le droit d'avoir un amoureux, mais un téléphone portable, oui! Et dire que mes parents me trouvent trop jeune pour en avoir un (un cellulaire, pas un amoureux!). C'est la preuve qu'ils sont complètement dans les patates. Ce que je me ferai un plaisir de leur dire quand je leur parlerai la prochaine fois. Peut-être que le père Noël se fera un plaisir de m'en apporter un, lui...

Elle me présente ses amis – en photos bien sûr! – et me montre les millions d'applications sur son téléphone. Je dois avouer que ma jalousie m'empêche de bien l'écouter... Je tente donc de faire diversion afin de lui fermer un peu le clapet et qu'elle comprenne que j'en ai marre de la voir tripoter son appareil.

- Par où commence-t-on la visite? dis-je en m'avançant vers mon oncle qui conduit la voiture.

- J'ai pensé que ce serait génial de commencer par l'observatoire Griffith.

- Euh... où est-ce?

- C'est au sommet de la ville. Et comme il fera très chaud, on pourrait aller à la plage cet après-midi.

Cette offre m'enchante. Je patiente difficilement jusqu'à l'arrivée en ville. Tout est si beau, si… hollywoodien! Après plusieurs minutes, la voiture commence à grimper la pente qui mène à l'observatoire. Mon oncle me suggère de porter une attention particulière aux maisons du quartier.

- Wah!!! C'est magnifique ici! Les maisons sont tops! En plus, on dirait que certaines sont suspendues dans les airs.

- C'est un quartier plutôt aisé ici, m'explique ma tante.

Se dresse enfin devant nous un énorme édifice tout blanc avec une demi-sphère sur le dessus, comme une boule de crème glacée au chocolat. Le bâtiment est construit sur le bord de la falaise. Il y a déjà beaucoup de monde même s'il est relativement tôt.

À l'intérieur de l'observatoire, tout

est super luxueux. Ultra-curieuse, je m'approche d'un truc bizarre au centre de la salle. « Foucault *pendulum* ». J'essaie de comprendre ce que c'est, mais je déchiffre mal ce qui est écrit. Et c'est un peu compliqué, je crois...

- Il s'agit d'un instrument – énorme, je te l'accorde – qui sert à démontrer que la terre tourne, m'explique Sophie-Ann.

- Ahhhhh! C'est fascinant ce machin!

- Viens! me dicte ma cousine. Le plus *cool* est dehors, ajoute-t-elle en me tirant par le bras.

Et elle a raison! Nous avons une vue imprenable sur tout Los Angeles. C'est superbe. On peut même marcher sur les bordures, ce qui donne l'impression qu'on est à un pas du vide... même si ce n'est pas le cas. J'ai pris une tonne de photos de ce point de vue. Les amis vont me trouver débilement courageuse d'avoir marché là.

L'illusion est fantastique!

Je m'assois sur le bord afin de profiter de cette vue. Et Antoine se glisse dans mes pensées. J'aimerais qu'il soit à mes côtés pour profiter de la beauté panoramique à laquelle j'ai droit au moment même. J'ai l'impression que je suis au bout du monde. Jusqu'à ce que Sophie-Ann me sorte de mes pensées.

- Tu viens? Si on veut avoir le temps de tout visiter aujourd'hui, il faut y aller!

- J'arrive, dis-je en fixant l'horizon.

- À moins que tu aies l'intention de déménager ici? On pourrait peut-être te trouver un petit endroit dans le pavillon du fond?

Je lui fais grimace. Ma cousine me tend la main pour m'aider à me lever. Je la suis, quasi au pas de course, jusqu'à l'entrée de l'observatoire. Avec elle, c'est difficile d'être longtemps sérieuse et surtout, de rester au même endroit. Une vraie boule d'énergie sur deux pattes.

Le prochain arrêt est Hollywood Boulevard. J'ai tellement hâte de voir les étoiles de tout plein de vedettes. Sophie-Ann et moi courons d'une dalle à l'autre, en glissant nos mains dans les traces de ces méga stars.

- J'ai la même grosseur de main qu'Emma Watson!

- *Hot!* Et moi je peux te dire que mes mains sont très petites, s'esclaffe Sophie en plaçant ses mains dans celles de Johnny Depp. Et que ses pieds sont aussi très grands!

Le trottoir s'étend sur plusieurs kilomètres. Après avoir couru pendant plus d'une demi-heure, je suis fatiguée et surtout, affamée. Michel propose de s'arrêter pour manger dans un resto vietnamien pas très loin de là. Quelques minutes plus tard, nous sommes assis sur une terrasse. Je ne comprends pas trop ce que je commande, mais quand l'assiette arrive devant moi, ça semble bon!

- Sapristi! C'est génial cet endroit!

- C'est un de mes restos préférés, confie ma tante.

- Ensuite, on va à la plage, OK? insiste ma cousine.

- Bien sûr. Ce sera notre dernier arrêt. Est-ce que tu savais, Khelia, qu'il y a un endroit qui s'appelle Venice ici?

- Comme la ville italienne?

- Oui, en fait, elle a été nommée en son honneur. La prochaine fois que nous viendrons à L.A., on ira.

- Super!

Le reste de la journée passe très vite. Lorsque j'arrive à la maison, je suis épuisée. Je me connecte pour parler un peu à mes parents, excitée de leur raconter ma journée. Et avant de me mettre au lit, je lis mes courriels.

Antoine m'a répondu. Brièvement, mais la passion se sent. Des dizaines de bisous, une émoticône qui montre qu'il s'ennuie déjà. L'école recommence bientôt pour lui aussi et il me dit qu'il a peine à imaginer s'y retrouver sans moi. Je me sens un peu croche en dedans. J'imagine tous mes amis, ensemble, en train de rigoler. Et moi, je suis ici toute seule. C'est moche quand j'y pense. Je vais tout manquer pendant trois mois, et quand je vais retourner à Sainte-Patrie, je ne comprendrai plus rien. C'est nul! Peut-être même qu'il y aura une nouvelle élève. Elle fera de l'œil à Antoine, c'est sûr. Et comme je suis loin, Antoine oubliera que je suis dans sa vie et se laissera draguer. Et il va peut-être même l'embrasser. ARG! Il faut que j'arrête de me monter des scénarios aussi horribles!

Antoine m'aime et surtout, il m'attend! Il faut que je garde ça en tête.

Son courriel me rappelle par contre que la rentrée scolaire arrive pour moi aussi. Mercredi, je mettrai les pieds pour la première fois au *high school*. Le sapristi de *high school* où je ne connaîtrai personne. Où tout le monde ne parlera qu'anglais. Où je serai vachement toute seule.

Juste d'y penser, j'ai mal au ventre.

Cette nuit de sommeil m'a fait un bien incroyable. Je me sens en pleine forme et d'attaque pour passer une bonne journée. Comme c'est lundi et que mon oncle et ma tante travaillent, Sophie-Ann et moi allons profiter de la journée pour flâner au soleil et se promener en ville.

- Je veux absolument te présenter ma *best!*

- Est-ce qu'elle reste près d'ici?

- À quelques rues à peine.

Ce qui est vraiment *cool* avec sa meilleure amie, c'est qu'en plus, elle a une piscine. Alors ça me fera bien plaisir de la rencontrer. Surtout par une journée chaude comme aujourd'hui!

Jane est une fille plutôt sympa. Je dois avouer que je suis plutôt timide au départ, parce qu'elle ne parle qu'anglais. Il faut que je m'y habitue! Étant donné que j'ai passé du temps seulement avec ma famille « temporaire » – qui parle français de surcroît! – j'ai pu jouer la paresseuse et ne parler que ma langue maternelle. Mais l'école commencera bientôt, alors je suis mieux de parler anglais tout de suite! Le problème, c'est que je suis timide devant ma cousine. C'est toujours gênant de parler anglais devant quelqu'un qui maîtrise bien les deux langues. Parler à des Anglais, ça ne me dérange pas comme tel, parce que si jamais ils se moquent de moi, je n'ai qu'à parler en français et ils ne comprendront plus rien! Je me rappelle très bien dans le cours d'anglais, l'an dernier, que Jacob n'arrêtait pas de se moquer de William. Franchement, c'est tellement niaiseux de rire des autres pour une affaire de même!

Les parents de Jane ne sont pas là, et c'est pourquoi elle doit garder sa petite sœur de huit ans. Elle est tellement adorable… et possède une réserve d'énergie inépuisable! Après deux heures à courir avec elle, à faire des plongeons dans la piscine, à jouer au ballon… AILLE! Je suis exténuée! Quand la petite voisine – du même âge que la sœur de Jane – arrive, nous sommes toutes très contentes d'avoir un moment de répit. Nous les laissons jouer ensemble pour aller nous rafraîchir dans la maison, à l'air conditionné.

Notre *planning* : un bon film de filles, pas trop difficile à comprendre. Avec une tonne de crème glacée à la vanille et au chocolat. Vive les vacances!

Chapitre 3

First day has come

Je n'en peux plus. Je suis tellement nerveuse que je me tape sur les nerfs moi-même. Je regrette tellement, tout d'un coup, d'être venue jusqu'ici. Et pourtant, les premiers jours en Californie sont géniaux, je dois l'avouer. Je n'ai pas eu beaucoup le temps de m'ennuyer. À vrai dire, si je pouvais déménager Sainte-Patrie, je transporterais ma ville ici et je ne repartirais jamais. Le soleil qui brille à longueur d'année, les paysages complètement débiles, tout est fantastique. Et si je pouvais déplacer l'école secondaire de Sainte-Patrie, mon problème de ce matin serait réglé. Car là, mes nerfs sont pris en boule dans mon corps. J'ai un escadron de papillons en plein bataillon dans mon ventre et mes mains sont tellement moites que tout ce que j'agrippe me glisse des mains.

Tout ça me donne envie de pipi.

Parce qu'une première journée dans

une école où on n'a jamais mis les pieds, c'est désastreux. Et quand tout le monde parle une autre langue que la tienne, c'est encore pire! La CA-TAS-TRO-PHE! Il n'existe pas un kit de survie pour ce genre de situation? Ça pourrait être tellement utile en ce moment!

Ma première journée à la polyvalente de Sainte-Patrie passe en boucle dans ma tête. Un film que je ne suis pas capable d'enlever et qui joue à répétition en HD. Le souvenir de Maylis, avec son regard si dur. Être seule, dans la cafétéria. Tenter de se fondre dans le décor pour que personne ne te remarque. Tout le monde qui se fiche de toi. Se faire bousculer dans les casiers. Se sentir complètement comme une intruse, sans amis. C'est tellement NUL! Je n'avais pas pensé à la possibilité de peut-être revivre ça!

Mais cette fois-ci, j'ai ma cousine. C'est

déjà un pas de plus, un petit baume sur ma nervosité incontrôlable. Bon, elle est plus jeune que moi, mais au moins, je mettrai les pieds au *high school* accompagnée, j'aurai l'air moins nounoune. Et je ne me perdrai pas pour m'y rendre non plus. Je pourrai rencontrer ses amis et me mettre dans le bain de l'anglais rapidement.

Du moins, je le souhaite.

Je retourne à la toilette, pour la sixième fois ce matin.

- Est-ce que tu t'en viens? On sera en retard! Et il n'est pas question qu'on soit en retard pour la première journée d'école!

C'est la troisième fois que Soph me crie. Je dois y aller. Un dernier coup de gloss sur mes lèvres. Je me regarde dans le miroir. Pas si mal.

En arrivant à l'école, une des amies de Sophie-Ann nous attend sur un des bancs à l'extérieur. C'est Jane. Comme je l'ai déjà rencontrée, je suis à l'aise. Elle est plutôt sympathique et surtout, beaucoup plus calme que ma cousine. Ça me fait sentir moins « étrangère ». C'est une bonne chose!

Sophie pointe des jeunes assis dans le gazon et m'explique qui ils sont.

- Eux, ils seront probablement dans ta classe, ils sont en dixième.

Ici, l'école secondaire est divisée en deux : *middle school* et *high school*. *Middle school*, c'est de la sixième à la huitième et le *high school*, c'est de la neuvième à la douzième. Je peux donc dire que je vais au *high school*, comme dans les films américains. C'est *hot!* (Et voilà, un autre mot que je connais du dictionnaire anglais, je ne suis pas si mal, non?!) C'est vraiment différent de chez nous!

- OK! Et les deux filles là-bas?

- *Oh no!* Ne leur parle pas… Ce sont de vraies…

- Chipies?

- Ouais, disons ça. Évite de leur parler, elles pourraient nuire à ta réputation.

- Tant que ça?

- Tant que ça. Elles sont vraiment…

Ma cousine se contente de faire une grimace plutôt que de dire un mot grossier. De toute façon, j'avais déjà compris. Elles ont probablement embêté Soph par le passé. Alors si Soph les déteste, moi aussi! Solidarité féminine oblige!

La cloche sonne. Mon cœur arrête de battre. En fait, probablement pas, mais c'est ce que je sens dans ma poitrine. Je dois me défaire de ma béquille – ma cousine, en fait – qui, jusqu'à maintenant, m'a rendu la tâche facile. Je dois plonger et me rendre à mon cours. SEULE. Aille!

Une crampe terrible me prend au bas du ventre. Respire, ma vieille. Tu vas

survivre... J'ai mal au cœur. C'est horrible!
Le trajet dans le corridor jusqu'à la salle
de classe me semble interminable. J'arrive
dans le local. L'enseignant me salue et
m'indique où m'asseoir. Je prends place.
Je crayonne automatique dans mon cahier,
en évitant de lever la tête. J'essaie de
passer inaperçue pour éviter de sortir mon
anglais horrible tout de suite. Repoussons
l'humiliation le plus tard possible!

Il y a une fille, assise tout au fond de
la classe, qui me rappelle Maylis. Le même
genre d'attitude l'école-est-ma-propriété.
Sûre d'elle, mâchouillant sa gomme un peu
trop fort, tellement qu'on peut presque
la goûter d'ici. Elle semble se foutre de
l'opinion des autres. Ça me rappelle
drôlement mon arrivée à Sainte-Patrie.
Avant que j'apprivoise Maylis. Ce qu'elle
m'a fait la vie dure, celle-là! C'est presque
difficile à croire qu'aujourd'hui, ce soit une
amie. D'ailleurs, ça me fait penser qu'il y a

longtemps que je n'ai pas parlé à Maylis. Je me demande bien ce qu'elle devient, si elle est toujours avec son nouveau *chum*. Si elle va se réinstaller à Sainte-Patrie un jour. Depuis qu'elle est partie vivre avec son père, je dois dire que j'ai l'impression de l'avoir un peu perdue... C'est comme avec Kassandre. Il y a belle lurette que cette fille-là aussi a disparu de ma vie. Parfois, il m'arrive de m'ennuyer d'elle, de notre complicité. Quand j'y pense, par contre, je trouve que Noémie me ressemble beaucoup plus...

La cloche sonne de nouveau, ce qui me sort de mes pensées. Le prof me présente. En prenant soin de déformer mon nom à souhait. Ce n'est pas Kay-la, mais Khelia qu'il faut dire. Je me tais, car ça ne me tente pas vraiment de m'obstiner avec lui. Ici, mon nom sera Kayla. Si c'est plus facile pour eux, tant pis. Je trouve ça presque *cute* dans le fond... Mon nom à l'anglaise, ça donne un genre…

À ma grande surprise, tout le monde se retourne et me salue poliment. Même la fille à-l'air-un-peu-trop-sûr me fait un petit signe de la tête. J'ai même droit à de beaux sourires de certains. Wah! Que se passe-t-il ici? J'hallucine? Bon, à bien y penser, j'ai un peu l'impression d'être une bête de cirque. La fascination avec laquelle ils me regardent me rend mal à l'aise. À ce que je me rappelle, je n'ai pas de troisième bras dans mon front! Est-ce que le petit brun assis derrière moi va me lancer des *peanuts* pour voir si je vais faire la belle?

L'avant-midi file à toute allure. Dans moins de temps qu'il ne faut pour dire pantoufle, je me retrouve assise dans la cafétéria avec Sophie-Ann devant un plateau rempli de bouffe de cafétéria. Je raconte donc mon avant-midi à ma cousine.

- Quand le prof m'a demandé de me

présenter, je suis devenue rouge homard!

- Qu'est-ce que tu as fait?

- Je n'ai pas eu le choix, j'ai parlé! Je ne suis pas sûre que tout le monde a compris, mais au moins, la glace est brisée!

- *Oh my god...*

Ma cousine échappe sa fourchette dans son assiette. Je me retourne afin de voir ce qui lui a fait perdre sa fourchette comme ça! Un gars, plutôt grand, se dirige... vers nous! Le beau gars par excellence... Serait-il le gars dans la mire de Soph? Mais il est dans ma classe, il est assis à un bureau près du mien!

Il passe tout droit quand il arrive à notre hauteur et s'assoit avec plusieurs autres garçons. Ma cousine baisse les yeux.

- Je comprends que c'est...

- Matthew.

- Mais va lui parler!

- Je ne lui ai pas parlé depuis la fin de l'année dernière... Je ne suis même pas sûre qu'il se souvienne de moi.

Oh! Là, je comprends. Le futur-*chum*-en-vue de ma cousine est en fait une illusion, un rêve éveillé. Si elle veut le conquérir, il faudra qu'elle prenne le taureau par les cornes! Mon âme de Cupidon a drôlement le goût de hurler en moi! Une mission, je le sens!

J'ai un cours d'éducation physique dans l'après-midi et ça, c'est trippant parce qu'on n'a pas besoin de parler quand on fait du sport. Et les termes anglais de sport sont plutôt simples!

Comme j'excelle en sport, ça n'en prend pas plus pour me faire une nouvelle amie : Kate. Dès mon arrivée dans le cours, elle s'est assise à côté de moi, pour les explications du prof. Elle parle un peu français, car comme plusieurs dans cette école elle a suivi des cours de base, mais sincèrement, je crois que j'ai plus de facilité à la comprendre quand elle parle anglais!

Elle est vraiment chouette et me ressemble beaucoup. Une fille avec beaucoup d'énergie, qui aime jaser, bouger, rigoler. Je pense qu'elle m'aidera à m'acclimater!

Je n'avais pas réalisé que ma plus grande différence serait aussi mon plus grand allié ici. Toute la classe est plutôt charmée par mon accent – selon moi atrocement poche – mais selon Josh, il est « *so sweet* ». Josh, c'est le grand brun assis à côté de moi dans le cours de maths… Ce premier cours de maths en anglais dont, je dois l'admettre, je n'ai pas compris grand-chose! Déjà que les maths, ce n'est pas ma matière forte! J'ai beau savoir compter en anglais, comprendre la géométrie, c'est une autre paire de manches!

Après avoir réussi à baragouiner quelques phrases en anglais au beau Josh, j'ai compris que sa *girlfriend*, c'est la fille aux yeux bleus comme l'océan assise au fond de la classe. Je me suis donc empressée de lui parler d'Antoine… Je ne suis pas convaincue qu'il a compris son nom avec l'air qu'il m'a fait, mais le mot *boyfriend*, il l'a compris. De toute façon, comme le cours commençait, j'ai dû m'abstenir de parler tout croche en anglais et me taire pour m'assurer que mon prof ne me prenne pas en grippe dès le premier instant!

Sinon, comme dans toute bonne classe, il y a un *twit*. Dans mon cas, j'ai droit au « deux pour un », car il y a deux twits. Du genre à faire des blagues nulles et à essayer d'attirer l'attention en faisant des singeries. À mon avantage par contre, je ne comprends pas la moitié de ce qu'ils disent. Alors ça me permet de faire abstraction des deux idiots en question. Si au moins ils étaient beaux. Mais pour une raison que j'ignore, les tarlas de la classe ne sont jamais beaux!

Je suis donc à raconter toute cette journée ô combien palpitante à Noémie sur Skype. Elle ne peut s'empêcher de rire en m'entendant tenter de prononcer Antoine à l'anglaise. Je dois dire que c'est plutôt marrant! Ann-tou-ann!

- As-tu une photo de ce Josh? Je pourrais aller te rejoindre et tenter de le conquérir!

- Mimi! Je te l'ai dit, il a une blonde.

- Moi je suis seule!

- Et surtout à quatre milles kilomètres d'ici!

- Détail!

Je change de sujet, car parler de Josh, ce n'est pas ce qui m'intéresse vraiment! Je veux plutôt en savoir plus sur ce qui se passe à Sainte-Patrie.

- Et puis, dans quelle classe es-tu?

- 304. Avec Jérôme entre autres. BEURK!

- Je croyais que tu t'en foutais de lui.

- Ben oui! Mais il m'énerve. Si au moins il avait été dans une autre classe, je n'aurais pas à l'endurer.

- Bah, ignore-le. C'est le mieux que tu puisses faire! As-tu vu Antoine?

- Oui. Il avait un peu la mine basse quand il a su qu'il n'était pas dans notre groupe. Il est un peu biz ces temps-ci.

- Hein? Qu'est-ce que tu veux dire par biz?

- Il n'a pas l'air dans son assiette. Lui as-tu parlé depuis ton départ?

- Non, il n'est jamais sur le Net quand j'y suis. On s'est envoyé des courriels, je lui ai laissé un message sur sa boîte vocale, mais sans plus... Dois-je m'inquiéter?

- Non, non!

- Tu n'es pas très rassurante!

- J'ai une idée! Je vais voir avec lui pour qu'il vienne ici demain, comme ça tu seras sûre que vous pourrez vous parler.

- Ah, tu es tellement *nice*. Merci!

- À ce que je vois, tu prends déjà de faux plis anglophones...

- Oups!

- Ça va être beau dans trois mois!

- Bon, il faut que je te laisse, je dois aller au lit. Bye!

- À demain!

- Sans faute!

Calée dans mon oreiller, étendue de

tout mon long dans mon lit, je repasse ma journée dans ma tête. Ça n'a pas été si mal finalement. Je crois même que je vais bien aimer ça ici. Je repense aussi à ma discussion avec Noémie. Est-ce que je dois m'inquiéter pour Antoine? Peut-être que c'est seulement l'ennui qui le rend morose. En tout cas, j'ai hâte de lui parler demain pour m'assurer que tout va bien. Je me sens bien impuissante de si loin.

Toute cette conversation me reste en tête, ce qui m'empêche de m'endormir. Moche! J'ouvre mon tiroir et y tire mon carnet de voyage. Écrire un peu me changera les idées.

Pour l'instant, dans mon carnet, il n'y a que des mots et des dessins faits à la main. Comme je ne peux pas imprimer mes photos et que je dois attendre mon retour à la maison, j'ai préparé des encadrés pour les accueillir. J'ai même pris soin de décrire les photos que je veux y placer. Il faut croire que mon amie Noémie a une grande influence sur moi… Je suis devenue super organisée grâce à elle!

Bizarrement, c'est elle qui me manque le plus depuis que je suis ici. Je m'ennuie aussi d'Antoine! Mais pas de la même façon. Noémie et moi, nous pouvons nous parler plusieurs fois par jour. Nous sommes presque toujours ensemble à l'école, et le soir, quand nous ne nous voyons pas, nous nous appelons presque tout le temps. Ma mère me reproche souvent d'ailleurs de passer trop de temps avec Noémie. Comment est-ce possible? Si elle est jalouse de notre amitié, ma mère peut s'en trouver une, une meilleure amie!

Avec Antoine, ce n'est pas pareil. Un amoureux, tu ne peux pas tout lui confier. Et des fois, on dirait qu'il ne comprend pas ce que je lui dis. Et je ne m'ennuie pas de lui de la même façon. Car Noémie, sur Skype, c'est comme si nous étions à la maison… mais avec Antoine, c'est loin d'être le cas. Internet, c'est nul pour communiquer avec son amoureux. On dirait que ça fait que je m'ennuie encore plus de lui.

Je baille aux corneilles. Je crois que c'est le temps de fermer mon cahier et de dormir un peu!

Chapitre 4

What?

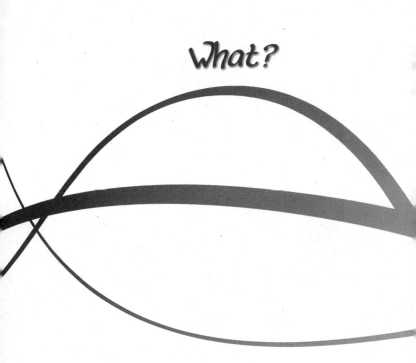

Je suis bien contente que la première semaine soit terminée. Je n'ai pas trouvé très facile de suivre tous les cours. Je suis pourtant plutôt douée habituellement à l'école. Mais bon, j'imagine que je vais m'y faire et finir par tout comprendre!

Une autre fin de semaine bien occupée. Aujourd'hui, je m'en vais au Joshua Park, un endroit touristique de prédilection ici. J'y vais avec Kate et sa grande sœur, parce que nous devons y aller en voiture et qu'elle a son permis de conduire. Kate m'a dit que sa sœur était vraiment *cool*, alors ce devrait être une belle journée.

J'ai fouillé sur le Net et j'ai vu plusieurs photos de cet endroit qui semble plutôt spectaculaire. Ce que je constate sur place dès mon arrivée. À l'entrée du parc, le paysage que j'ai devant moi n'a rien à voir avec le Canada. Les rochers semblent venir d'une autre planète, comme des méga éponges géantes. Les cactus ont de drôles de formes. Suis-je vraiment encore sur la planète Terre?

Je comprends maintenant pourquoi je devais absolument mettre les pieds ici. C'est débile! J'ai l'impression d'être débarquée directement sur la Lune. C'est fou! Ici, le paysage sent la liberté. Ça semble complètement niaiseux à dire, mais quand je partage mon sentiment avec Kate, elle approuve, en répétant le mot *liberty* avec le même petit accent que moi.

Elle n'avait jamais été capable de mettre un mot sur le sentiment qu'un espace désert et aussi grand que cet endroit génère. *Liberty*. Maintenant, pour elle, le parc porte un nouveau nom : Khelia *liberty*. C'est tellement flatteur!

Nous marchons pendant un bon moment comme des astronautes en pleine excursion. Tellement qu'à un moment donné, j'ai les pieds morts. Je n'en peux plus! Je demande un temps d'arrêt, c'est nécessaire à ma survie!

L'endroit où nous pique-niquons est le summum du particulier. Ce belvédère se trouve dans le parc. La vue panoramique est... Je ne trouve pas les mots. On dirait qu'on plonge dans une vallée entourée de montagnes avec le sommet enneigé. Quand je regarde en bas, j'ai l'impression de sentir mon être y tomber. Mon souffle est coupé et j'ai une sensation étrange dans mon corps que je n'arrive pas à décrire. Cet endroit est étourdissant!

J'aimerais tellement être ici avec Antoine. Il capoterait, lui qui est un *fan* de plein air. Être collés sur lui, à regarder au loin avec l'impression que nous aurions atteint le bout du monde, ce serait incroyable. Et cet endroit me rappelle qu'il est à des milliers de kilomètres... à faire je ne sais quoi avec je ne sais qui. Je me sens loin de lui, mais pas seulement physiquement. Car depuis que je suis partie, nous nous sommes très peu parlé. Nous avons réussi à nous parler sur Internet, nous voir enfin la binette. J'ai entendu quelques fois sa voix au téléphone. Mais trop peu pour moi.

Kate me sort de mes pensées. C'est le temps de continuer notre périple. Comme le soleil est brûlant et qu'il devient difficile d'y survivre, nous avons prévu aller magasiner en après-midi. Il paraît qu'un endroit va me faire capoter. En route!

Sur notre chemin, Kate me dit quelque chose comme :

- Khelia, j'aimerais avoir ton courage.

Mon courage? Pourtant, je n'en ai pas tant que ça! La preuve, ça a tout pris pour que je dise mes sentiments à Antoine.

Je lui demande pourquoi elle pense ainsi.

- Moi, jamais je n'oserais partir seule dans un autre pays.

- Mais je ne suis pas seule : j'ai mon oncle, ma tante, Soph!

- Tu les connaissais à peine la semaine dernière.

- Tu exagères.

- Pas du tout. Je ne connais pas grand monde qui a osé faire ça.

Elle lève sa bouteille d'eau et dit :

- *I'll drink to that.*

Kate bois à la santé de mon courage. Moi, courageuse? Je ne me suis jamais perçue de cette façon! J'en découvre beaucoup sur ma personnalité ici!

Je change ma photo de profil Facebook.

Une photo débile de Kate et moi, avec les falaises en arrière-plan. C'est mental! Noémie vient commenter à peine quelque seconde après. Yé! Elle est en ligne! Je me connecte sur MSN.

C'est *cool*, car même Jean-Thomas, à qui j'ai à peine parlé depuis que je suis partie, est connecté. Je le salue rapidement, mais la conversation avec Noémie prend une tournure plutôt sérieuse alors je promets à Jean-Thomas de lui donner plus de nouvelles plus tard.

Kel @ where the sun's shining dit :

- **Hé! Qu'est-ce que tu fous? Je t'envoie des photos!**

Mimi dit que c'est nul aujourd'hui dit :

- **Bah! OK, je vais aller voir ça...**

Kel @ where the sun's shining dit :

- **Ton avis? C'est trop débile, hein!**

Mimi dit que c'est nul aujourd'hui dit :

- Ouais, c'est *cool*.

Kel @ where the sun's shining dit :

- C'est tout?

Je sens qu'il se passe quelque chose... Pourquoi Noémie ne partage-t-elle pas mon enthousiasme? Je creuse afin de savoir ce qui se passe dans la vie de mon amie.

Kel @ where the sun's shining dit :

- Y a-t-il quelque chose qui ne va pas? Tu as l'air drôle.

Mimi dit que c'est nul aujourd'hui dit :

- Tu ne me vois même pas, tu ne peux pas dire ça. De toute façon, tout va bien.

Kel @ where the sun's shining dit :

- Je ne te crois pas. J'aimerais tellement que tu sois ici, avec moi!

75

Mimi dit que c'est nul aujourd'hui dit :

- **Kel, ne tourne pas le fer dans la plaie. C'est une mauvaise journée.**

En jasant près d'une heure avec elle sur MSN, je découvre qu'elle s'est chicanée avec sa mère. En fait, le mot est faible : je devrais plutôt dire qu'elle s'est engueulée avec sa mère. Et ce n'est pas son genre du tout. J'ai peine à imaginer Noémie en train de crier et sa mère répliquer encore plus fort.

Mais mon amie a bien raison d'être fâchée. Les parents ne comprennent rien! Ils passent leur temps à nous dire qu'ils nous font confiance, mais dès qu'on veut un peu de liberté, ils nous coupent les ailes. J'entends d'ici sa mère lui dire : « Quand tu seras une adulte, tu décideras, mais tant que tu habiteras sous mon toit, c'est moi qui déciderai! »

Le sujet de la dispute : le couvre-feu. Un sujet qui fait bouillir mon amie de rage. Parce que depuis le début du secondaire, ses parents refusent de changer l'heure du couvre-feu. Elle n'a plus douze ans quand même. La semaine : neuf heures, pas une minute de plus. La fin de semaine : dix heures trente, sauf à quelques exceptions près. Une de ces exceptions : si elle est chez moi et que mes parents sont là.

C'est terrible que ses parents ne veuillent pas négocier le couvre-feu. Même mes parents acceptent que j'arrive bien plus tard que ça. Elle ne fera pas plus de bêtises parce qu'elle rentre un peu plus tard, voyons! C'est complètement ridicule. Je comprends mon amie de s'être fâchée. Juste à y penser, je me fâche moi-même et je n'ai même pas rapport là-dedans. Franchement, Noémie est la fille la plus responsable que je connaisse! Qu'ils lui laissent un peu d'air pour qu'elle puisse respirer. Tous les ados ont besoin de ça.

C'est quoi cette manie, chez les parents, de vouloir tout contrôler, tout savoir ce qui se passe sous « leur » toit ? Nous le savons très bien que c'est leur maison. Et c'est exactement pour cette raison que nous avons hâte de déguerpir quand nous terminons notre secondaire. À l'âge que nous avons, nous sommes bien assez matures pour savoir ce que nous faisons. Je pense que Noémie est assez fiable pour que ses parents la lâchent un peu ! Je suis sûre que si elle avait un *chum*, il n'aurait probablement pas le droit d'aller chez elle ! Les parents se ressemblent tous ; on dirait qu'ils sortent tous du même moule ! Pauvre Noémie !

Après avoir calmé mon amie – et m'être calmée moi-même ! – j'ai la chance de parler avec Antoine, car il est connecté lui aussi. Enfin ! Cette semaine aura été la bonne, c'est la troisième fois que nous nous parlons.

Je le sens de bonne humeur – et je le vois bien aussi à l'écran de mon ordi! Il m'a dit qu'il ne se passait rien de particulier, mais j'ai de la misère à le croire. La dernière fois que je l'ai vu si joyeux, c'est bien avant mon départ.

Le voir sourire ainsi me donne alors une idée! Je vais lui faire livrer un cadeau, pour son anniversaire. À défaut d'être là, au moins il aura une pensée de ma part. Je m'arrangerai avec Noémie et mes parents. Comme ça, il verra que je pense à lui même si je suis au bout du monde!

À l'école ce midi, il y a une séance d'entraînement de l'équipe de *cheerleading*. Et nous pouvons y assister. Je suis vraiment excitée, car je n'en ai jamais vu en vrai. Il paraît qu'il y a plusieurs compétitions interscolaires. Assises dans les estrades, Kate et moi attendons avec impatience le début des exercices. Kate me raconte comment elle est tombée amoureuse de Shawn, il y a maintenant six mois. Quand elle parle de lui, il y a des étincelles dans ses yeux. Une chance, parce que je ne comprends pas tout ce qu'elle raconte. À plusieurs reprises, je dois lui demander de ralentir le débit parce que je manque la moitié des mots qu'elle me dit. Mais je comprends qu'elle était amoureuse de lui depuis un bail et qu'un matin, elle a décidé de lui remettre une lettre. La réaction de Shawn? Après avoir lu la lettre, il l'a rencontrée à son casier et l'a tout simplement embrassée. Juste comme ça, devant tout le monde, sans dire un mot. Depuis ce temps-là, ils sont inséparables.

Les membres de l'équipe arrive enfin

sur le terrain et débutent leurs étirements. À Sainte-Patrie, les disciplines sportives sont plutôt limitées. Il paraît que ce sont de vrais athlètes, ceux qui pratiquent le *cheerleading*. C'est loin de n'être que des belles filles qui dansent pour une équipe de football! Il y a même plusieurs garçons dans l'équipe. L'amoureux de Kate, Shawn, en fait partie. Il est musclé : il soulève quand même des filles à bout de bras!

Le spectacle auquel j'assiste est hallucinant. J'aimerais tellement être capable de faire ces pirouettes. J'arrive difficilement à faire une roulade, alors je crois que ce sport n'est vraiment pas pour moi!

Chapitre 5

Qui l'eût cru?

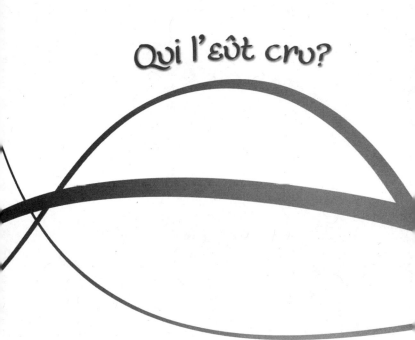

J'ouvre un courriel de Noémie. WAH! Elle se sentait inspirée mon amie! Il y a cinq gros paragraphes. Elle en a des choses à me raconter... J'adore les longs courriels! Je me mets donc à la lecture.

Salut ma belle!

Comment vas-tu? J'espère que la chaude température de la Californie ne t'a pas trop tapé le coco! J'aimerais bien que tu reviennes indemne et en pleine forme. Donc, fais attention au méchant soleil et aussi aux méchants garçons bronzés qui traînent dans les rues! lol! OK, trêve de plaisanteries. Alors, comme ici il pleut et que c'est vraiment plate comme soirée, je me suis dit que ça valait la peine de t'écrire un message qui a de l'allure. Je n'ai vraiment rien à faire comme tu vois! Tu n'es pas sur Skype et c'est poche, car j'aurais beaucoup aimé te parler de vive

voix. Tu traînes où d'ailleurs? Bon, je le sais que ce n'est pas de mes affaires, mais tu sais comment je suis!

Tout se passe bien à Sainte-Patrie. Joanie va bien, elle a prévu aller passer un week-end à Montréal pour voir Maylis. LA CHANCEUSE! Pas d'aller voir Maylis, parce que je la trouve pioche, elle, mais plutôt de partir pour Montréal. Ah oui, parce que le point important ici c'est de noter qu'elle y va SEULE! Sa mère s'est arrangée avec le père de Maylis, donc Joanie va prendre l'autobus et le père de Maylis va l'attendre à l'arrêt d'autobus. Mes parents sont nuls, ils ne me laisseraient JAMAIS faire une affaire de même. Tu sais comment ils sont! Il y a juste moi qui reste cloîtrée à Sainte-Patrie parce que mes parents ne veulent pas que je sorte de la ville sans eux. Est-ce que tu veux changer de parents avec moi?

Ah oui! J'avais quelque chose à t'annoncer aussi. En fait, c'est la raison principale pour laquelle je voulais te parler ce soir. Mais comme tu n'es pas là, je trouve ça nul parce que je voulais te l'apprendre de vive voix. Réponds-moi sur Skype... si tu veux savoir... Sinon, je te laisse languir et tu ne le sauras pas! Que je suis cruelle!

Je sais que je ne suis pas fine de te faire ça, mais il y a des choses qui ne se disent pas par courriel, voyons! Je te donne un indice... En mille, c'est un mot de cinq lettres... Tu ne piges pas? Devine... Je suis amoureuse, ma vieille! Eh oui, Amour avec un grand A! Mais attends... le mieux, c'est que c'est réciproque! Alors tu piges là? Depuis ce soir, j'ai un amoureux. Un vrai! Mon premier! Et tu n'es même pas là pour partager mon bonheur. Ça jette un petit nuage sur mon bonheur... mais ne te sens surtout pas mal pour ça!

Je t'imagine : tu bondis sur ton lit et te demande c'est qui. Est-ce que je me trompe ou bien je te connais ultra bien? Qui est-ce, ce prince charmant? Ça, je ne te le dis pas par contre! De vive voix seulement. Et n'essaie pas d'aller voir sur Facebook, parce que je ne l'ai pas annoncé. En fait, tu es la première à le savoir. Il vient de partir de chez moi. Je flotte! Je sais qu'il est tard là, il est comme minuit ici, mais comme je suis trop énervée pour m'endormir, il fallait que j'en parle à quelqu'un. Alors dès que tu lis ce courriel, on s'appelle afin que je puisse te parler...

Bisous ma *best!*

Mimi

En effet, elle me connaît bien ma meilleure amie. Je capote, je suis tout énervée et je veux savoir de qui elle parle.

Je suis en petit bonhomme sur mon lit. Elle m'a envoyé ce message il y a à peine une demi-heure. Avec un peu de chance, elle est encore à flâner sur Internet. Je me branche sur Skype en espérant qu'elle soit encore là. Je clique sur son prénom et l'écran apparaît. Allez, connexion, ne me niaise pas!

Enfin, je vois mon amie en pyjama apparaître.

- Allô!

- Est-ce que tes parents dorment?

- Non, ils écoutent un film au salon, alors je n'ai pas besoin de chuchoter.

- *Good!* Allez, c'est qui?

- Relaxe! Il faut que je te raconte tout.

- OUI! DES DÉTAILS!

Oups! Sans m'en rendre compte, j'ai presque crié. C'est une affaire du genre à attirer l'attention de ma cousine. Je l'aime bien, mais je la trouve un peu collante… J'ai besoin d'air, moi!

- Est-ce que tu es seule?

- Oui, oui. Ma porte est verrouillée. Bon, allez, raconte.

- OK! Essaie d'abord de deviner qui c'est.

- OH! Je n'en sais rien… Pas Jérôme, j'espère?

- Ben non, c'est fini, lui. Même s'il rampait à mes pieds, je ne le regarderais même pas.

- Euh, le gars avec qui tu te places tout le temps en maths?

- Maxime? Ben non, voyons!

- Je donne ma langue au chat!

- C'est…

Je n'en peux plus. Je suis impatiente comme tout et Noémie sait que je déteste les devinettes. Allez, droit au but! Ça devrait être ma devise!

- Arrête de me niaiser!

- C'est Tom.

- Tommy? Le Tommy? Es-tu en train de me dire que tu es maintenant… ma belle-sœur?

- Hum… OUI! C'est ce que je suis en train de te dire.

Si je n'étais pas assise, je tomberais directement sur les fesses. Je n'en reviens pas! Noémie est avec l'ex de Maylis. Tom! Le Tom! J'essaie de placer les morceaux de casse-tête dans ma tête, mais je n'y arrive pas. J'en ai manqué tout un bout, moi! Quand j'ai quitté le Québec il y a à peine un mois, elle me scandait haut et fort qu'elle ne voulait pas de *chum*, que ça demandait trop de temps et d'efforts pour rien. Que s'est-il passé dans le dernier mois?

- Khelia? Ça va?

Je pense que mon amie s'attendait à une autre réaction que celle-là. Je suis contente pour elle en réalité, alors il faut que je le montre un peu!

- Oui! C'est vraiment *cool!* Raconte-moi comment c'est arrivé, je suis tout ouïe.

- Alors, la semaine dernière, j'ai passé une soirée chez ton *chum* parce que je ne comprenais absolument rien en bio et je ne voulais pas pocher le premier examen.

- J'en déduis que Tom était là?

- Exact. Tu sais qu'il ne fume plus?

- Euh, non… mais viens-en aux faits!

- Oui, oui! Désolée! Alors, il s'emmerdait royalement, et quand on a eu fini d'étudier, il est venu jaser un peu avec nous.

- Et vous vous êtes embrassés lan-goureusement autour de la table de la cuisine? Hi, hi, hi!

- Espèce de nouille! Ben non, voyons! Laisse-moi parler!

- Oups!

- Ç'a été super *cool*, mais il ne s'est absolument rien passé. Sauf qu'au moment de partir, il m'a conduite à la porte et m'a dit quelque chose comme : « Je ne pensais vraiment pas que tu étais comme ça. Maylis était dans le champ… Tu es vraiment *cool*. J'espère qu'on va se revoir. »

- Et il t'a embrassée sur le seuil de la porte?

- KHELIA! Non, ce n'est pas ça du tout! Je suis partie et, le lendemain, on a *chatté* longtemps. Et il m'a invitée à écouter un film chez lui.

- J'espère qu'Antoine n'a pas fait le chaperon…

- Non, il n'était pas là… Sinon, tu l'aurais su, il peut être panier percé des fois! Et ce soir-là, on s'est embrassés. On s'est revus quelques fois et, ce soir, quand il est venu à la maison, on s'est dit que c'était officiel, qu'on avait le goût de s'afficher comme un couple!

- AYOYE! Tu m'impressionnes! C'est vraiment *hot!* Alors tout le monde le saura lundi?

- Ouin. Ça me stresse un peu. Lorsqu'on se tiendra par la main, tout le monde va nous regarder… Je n'aime pas trop avoir toute l'attention. Je vais l'afficher sur Facebook. Avec un peu de chance, tout le monde va le voir et je vais avoir la paix lundi!

- Est-ce que tu le revois en fin de semaine?

- Oui! Demain, on est censés aller au centre commercial.

- C'est vraiment *coooool!* Je suis contente pour toi en sapristi, ma belle. On s'appelle demain, OK?

- Oui! Je suis contente de t'avoir parlé. Je vais mieux dormir.

Cinq minutes plus tard, le statut Facebook de Noémie a changé : Noémie est maintenant en couple. Youpi!

Je suis très contente pour elle. Peu de temps après, je vois que Jean-Thomas est encore en ligne. Tu parles d'une heure pour être sur le net! Depuis mon départ, je n'ai pas eu vraiment de nouvelles de lui, à part la fois où nous nous sommes parlé un peu sur MSN. Je m'empresse donc de lui parler avant qu'il déconnecte. Je veux savoir comment se passe son début d'année scolaire!

À ma grande joie, il m'annonce que ses notes vont beaucoup mieux. Il travaille fort, et avec l'aide d'un tuteur, l'apprentissage est devenu plus facile pour lui. Il me raconte même qu'il y a une nouvelle fille à l'école et qu'il la trouve bien de son goût. Et en plus, elle est célibataire. Je croise les doigts pour lui pour que ça fonctionne. Il le mérite tellement, car J-T est le bon gars par excellence. Même si ce n'est pas le plus beau gars de l'école, il paraît beaucoup mieux que la première fois que je l'ai vu! En plus, il est gentil avec tout le monde, est la plupart du temps de bonne humeur, a une écoute incomparable. La fille qui va mettre le grappin dessus sera bien chanceuse!

J'en profite pour lui raconter comment ça se passe ici et en même temps, pour prendre des nouvelles d'Antoine. Comme ils sont plutôt bons copains maintenant, il risque de me donner l'heure plus juste que Noémie. Et ce qu'il me confie me fait bien plaisir... Antoine me voit toujours dans sa soupe, parle beaucoup de moi, ne manifeste AUCUN intérêt pour les autres filles. C'est fantastique! Pas que je n'ai pas confiance en mon amoureux, mais de savoir que quelqu'un d'autre que ma meilleure amie peut me rassurer, ça fait du bien.

Le téléphone sonne, et c'est pour moi! Finalement, après un mois passé ici, je me suis bien adaptée. Un peu trop bien au goût de Sophie-Ann. Trois fois sur quatre, quand le téléphone sonne, c'est pour moi. Ce qui la fait grogner à tout coup. Je n'y peux rien, il faut croire que je suis tombée dans une bonne classe et surtout, sur une amie qui est aimée de tout le monde! Kate est une fille plutôt populaire. Elle est toujours entourée, elle doit connaître tous les élèves de dixième.

Quand je prends la ligne, c'est une voix masculine qui me salue. Une voix anglophone que je ne reconnais pas.

Oh my God! C'est Matthew. Il organise une journée sur la plage et je suis invitée. Excellent! Je me dépêche de lui demander si je peux venir avec quelqu'un. Sophie-Ann va CA-PO-TER! On ira à une fête sur la plage organisée par le gars de ses rêves!

Je raccroche et j'accours dans la chambre de ma cousine.

- Tu sais quoi?

- Non…

- C'était Matthew au téléphone…

- Matthew t'a appelée?

- Oui, il m'a invitée au *beach party* qu'il fait samedi…

- QUOI?

- Oui et…

- Tu n'as pas assez d'un *chum*, il faut que tu essaies de voler le gars qui m'intéresse en plus?

- Mais non, ce n'est pas ça…

- Il faut toujours que tu aies tout, hein?

Je suis figée. Comme une statue de marbre. Est-ce une scène qu'elle me fait? Voyons! Chaque fois que je tente d'ouvrir la bouche pour lui annoncer la bonne nouvelle, elle repart de plus belle. Elle ne comprend pas que je travaille pour elle, moi!

Alors que la colère est à son comble et que le ton monte, je vois bien que ma cousine n'a pas l'intention de m'écouter. Je quitte donc la chambre, la fumée me sortant par les oreilles. Je dois me calmer et trouver une façon de lui parler. Et une idée me passe par la tête. Une bonne idée, je crois!

❧❧

Alors que nous sommes tous assis autour de la table pour le souper, je décide de plonger. Je demande à mes parents « adoptifs » la permission d'aller au *beach party* en après-midi chez Matthew.

- Moi, ça ne me dérange pas, répond mon oncle en cherchant le consentement de ma tante du regard.

- OK, pourquoi pas!

Ma cousine me jette des yeux remplis de couteaux. Elle fait un bruit d'enfer en mangeant, pour montrer qu'elle est méga-super-ultra fâchée contre moi.

- J'ai une autre faveur à vous demander.

- Ah oui? Laquelle?

- Est-ce que Sophie-Ann peut m'accompagner?

Les couteaux de ma cousine viennent de se transformer en feux d'artifice. Elle ne l'avait pas venu venir, celle-là. Et je suis fière de mon coup! Soph supplie du regard ses parents pour qu'ils acceptent.

- Bon, si vous promettez de ne pas vous lâcher, de ne pas boire d'alcool, de revenir pour le souper...

Ça y est, la liste parentale est déroulée. Mais je m'en fiche! Je veux surtout aller m'amuser et aider ma cousine à se rapprocher de Matthew. C'est l'occasion idéale.

- D'accord. Permission accordée!

Le samedi suivant, Sophie-Ann a enfin la chance de parler avec Matthew. La journée est parfaite, il fait chaud et nous avons un plaisir fou. Et surtout, ma cousine, le soir, a les yeux embrouillés de vapeur... de vapeur d'amour. Qui sait, peut-être qu'il se passera quelque chose entre les deux.

Je laisse ça entre les mains du destin maintenant. Je pense que j'en ai fait assez de mon côté!

Chapitre 6

Brasse-camarade

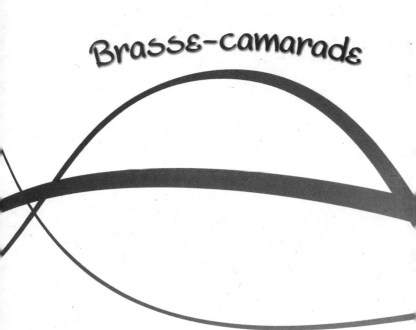

Eh zut de flûte de crime de bine de sapristi! Que je me retiens pour ne pas dire de gros mots... parce que je suis en beau fusil, comme dit mon père. Elle me rend vraiment malade, cette petite sapristi de jeune!

Les mots me manquent. Il y a plusieurs semaines que je suis ici et je la trouve envahissante. Mais là, elle dépasse les bornes! Si je l'attrape, celle-là, elle va passer un mauvais quart d'heure! Je lui promets une de ces...

Mon visage est sur le point d'éclater, je dois vraiment me calmer. Je déteste quand quelqu'un me fait sortir de mes gonds comme ça. Et ce quelqu'un, c'est Sophie-Ann.

Je l'aime beaucoup ma cousine, mais elle a le tour de me mettre en rogne. C'est à croire qu'elle le fait exprès pour attirer l'attention.

L'autre soir, je suis sortie marcher avec Kate après le souper. Volontairement, je n'ai pas invité ma cousine. Je l'aime bien, mais être toujours avec elle, c'est trop. Elle a ses amis et maintenant, j'ai aussi les miens. Et quand je suis arrivée dans ma chambre, je l'ai surprise devant mon portable. Mon impatience a fait trois tours. Clairement, mon arrivée l'a surprise, car son premier réflexe a été d'éteindre l'ordinateur.

- Je te l'ai emprunté deux minutes pour aller voir mes courriels, m'a-t-elle soufflé.

Bien sûr, je l'ai cru. C'est ma cousine quand même. Et la meilleure amie que j'ai depuis que je suis en Californie.

Ce matin, quand ma tante s'est levée, elle nous a proposé d'aller faire le marché avec elle. D'un ton catégorique, Sophie-Ann a refusé. L'idée d'aller trotter me plaisait. J'ai donc décidé d'accompagner ma tante, question de me dégourdir les jambes et de voir un peu le soleil. J'avoue que j'aime bien accompagner ma mère lorsqu'elle fait les courses. C'est un des rares moments que nous passons seules et où nous pouvons papoter entre filles. Souvent, ma mère me gâte et achète des trucs dont j'ai vraiment le goût.

Quand ma cousine a vu mon intérêt pour partir avec SA mère, elle s'est mise à me bouder. Et pas juste un peu! Elle ne m'a pas adressé la parole du déjeuner, et elle est allée s'enfermer dans sa chambre avant même que je parte. Quelle immaturité de sa part!

Je me suis dit que c'était de ses affaires si elle voulait faire du boudin. Moi je m'en fiche.

Il y a quelques minutes, quand je suis retournée dans ma chambre, j'ai vite constaté qu'elle était venue fouiller dans mes affaires. Entre autres, dans MON carnet de voyage, qui me sert quasi de journal intime depuis que je suis ici.

Si au moins elle avait eu la décence de le remettre à sa place pour camoufler son geste. Mais non!

SAPRISTI!

D'un coup de vent, j'ouvre sa porte.

Elle lève la tête et me demande tout simplement :

- Qu'y a-t-il?

- Ne fais pas l'idiote! Pourquoi as-tu fait ça?

- De quoi parles-tu?

Je crois que la chose qui me fâche le plus, après le mensonge, c'est l'hypocrisie. J'enrage, comme un chien prêt à sauter à la jambe d'un facteur.

- Ne me niaise pas!

Son regard me fuit. Je la sens déjà

repentante. Un lourd silence plane dans l'air. Mais ma garde ne se baisse pas pour autant. Elle ne s'en sortira pas aussi facilement! Je repose ma question, bien lentement et bien fort :

- POURQUOI AS-TU FOUILLÉ DANS MES AFFAIRES?

Ça sort beaucoup plus fort que je ne l'aurais voulu. Le bruit alerte ma tante, qui arrive en sixième vitesse dans la chambre de Sophie-Ann.

- Que se passe-t-il ici?

Soph verse des larmes en silence. Aucun mot. Je prends donc la parole, pour que justice soit faite.

- Elle est venue fouiller dans mes affaires!

- Voyons, Khelia! Ce n'est pas une raison pour hurler. Vous pouvez partager un peu…

- Mais elle a lu mes trucs personnels!

Sophie-Ann garde le silence et sort son air le plus piteux. Ça y est, je le sens, tout ça va se retourner contre moi. Rien pour calmer ma colère. Je jette un dernier regard haineux vers ma cousine et sors de la chambre sans attendre mon reste. Il y a des limites à ce que je peux endurer!

Toujours d'un calme déconcertant, Manon me suit. Elle entre et s'assoit sur mon lit.

- Khelia, tu te calmes les nerfs. Et tu vas aller présenter tes excuses à ta cousine.

- Pourquoi j'irais m'excuser? C'est ELLE qui est dans le tort!

- Parce que je te le demande. Tu dois comprendre que Soph n'a pas l'habitude de vivre avec d'autres...

Qu'est-ce que c'est, cette réponse absurde? Être enfant unique ne veut pas dire être effrontée et manquer de savoir-vivre! Je sais de quoi je parle quand même!

La goutte qui fait déborder le vase... j'oserais même dire le seau!

- Tu es la plus vieille aussi, tu es en mesure de comprendre ça...

- Quoi? Elle a à peine un an de moins que moi!

WHAT! C'est tellement n'importe quoi... Je vois bien que je ne gagnerai pas ce combat, lourdement injustifié.

Je me lève et me rends dans la chambre de ma cousine.

- Je suis désolée.

Je l'ai plus marmonné que dit sur un ton sincère. Mais je m'en fiche. C'est ce qu'on appelle, selon ma mère, acheter la paix.

Mais en dedans de moi, je rage. Je rage de cette injustice sortie de nulle part. Il faudra que je trouve un cadenas pour mettre sur ma porte de chambre? Que je cache tout ce que je ne veux pas qu'elle voie? Où est mon intimité, moi?

Je suis tellement frustrée que je n'arrive pas à me calmer. Quoi faire dans ce temps-là? Téléphoner à du renfort. C'est la meilleure solution. Et pour le moment, c'est ma mère.

Soph et moi, nous avons fait la paix. Plus tard, bien plus tard en fait, elle est venue s'excuser. Et elle m'a promis de ne plus recommencer.

- J'ai l'impression que tu me tiens à distance depuis que cette Kate est arrivée dans le décor. Je voulais simplement en savoir un peu plus sur toi... sur ce qui t'arrive.

- Voyons? C'est une blague?

Par le regard qu'elle me lance, je comprends qu'elle est très sérieuse.

- Soph! Tu es la personne la plus importante pour moi ici. J'ai seulement besoin d'un peu d'air de temps à autre.

De l'air, c'est normal d'en avoir besoin, non? Je ne peux pas être vingt-quatre heures sur vingt-quatre avec elle. Elle doit comprendre! C'est ça ou je m'achète une bonbonne à oxygène! Je continue, car je sens que je ne peux me contenter d'en rester avec cette simple explication.

- Si tu veux savoir des trucs, la prochaine fois, viens donc me le demander. Je risque de t'en raconter beaucoup plus que ce que mes quelques objets te diront. Fie-toi sur moi...

Elle sourit. Elle semble satisfaite de cette réponse. Nous nous faisons un câlin. Je crois qu'il y a un pansement sur son cœur… et sur ma colère.

Je suis quand même un peu blessée de son attitude. Jamais Noémie n'aurait osé mentir comme ça. Au contraire! L'entraide et la solidarité font plutôt partie de nos leitmotivs, autant en présence de nos parents que des garçons. Un pacte entre nous deux, non dit et non écrit, mais nous savons toutes les deux qu'il existe. Avec les meilleures amies, souvent, il y a plein de trucs que nous ne sommes pas obligées de dire. Nous le sentons, tout simplement. Une complicité qui n'a pas besoin d'être décrite, qui est là, en tout temps.

Ce qu'elle me manque, ma meilleure amie!

Même si l'affaire est réglée, j'ai le goût d'en jaser avec quelqu'un. Quelqu'un qui prendra parti pour moi, même si j'ai mes torts dans cette histoire. Je prends le téléphone et m'empresse de composer le numéro d'Antoine. Dans ce genre de situation, il a toujours le mot pour me réconforter, remettre le sourire dans mon visage.

Coup de chance, il est à la maison!

- Il pleut ici, c'est vraiment une journée moche! Si tu étais là, on aurait pu écouter un film bien collés sur le canapé.

Ça, c'est la première phrase qu'il me dit. Hou là là, ce n'est pas la phrase pour me remettre sur le piton! Le robinet de mes yeux vient d'être entrouvert. Retiens-toi, Khelia, ne te mets pas à pleurer!

- Même si c'est ensoleillé ici, je dois t'avouer que ce n'est pas une très bonne journée non plus!

Je lui raconte ma « mésaventure » avec ma « fausse » sœur.

- Ne t'en fais pas, ce genre de situation s'est déjà produit avec mon frère. Dis-toi que la situation est temporaire. Quand tu reviendras à Sainte-Patrie, ça n'arrivera plus!

C'est vrai ça. Dans le fond, il a raison. Il ne s'agit que de petits accrochages et je dois lâcher prise!

Sur l'heure du dîner, je suis assise dehors avec Kate, Matthew et quelques autres amis. Nous jasons (oui, oui, je peux tenir une conversation en anglais!) alors que ma cousine sort à son tour avec ses amies. Elle se dirige dans la direction opposée à nous. Elle a compris le message. Enfin! Elle sait que j'ai besoin d'avoir MON air à respirer, sans elle. Cette chicane aura au moins servi à mettre les choses au clair. Je ne pensais pas qu'elle finirait par comprendre que la vie ne tourne pas seulement autour d'elle et qu'elle n'a pas tous les droits même si je vis dans SA maison. Je n'aime pas me quereller, mais parfois, ça remet les choses en perspective!

Mais bon, je me sens un peu mal quand même. Je ne veux pas que nous agissions comme des étrangères. Je voulais simplement qu'elle respecte mon intimité, rien de plus. Je vois bien, malgré qu'elle soit assise plutôt loin de moi, que ses yeux sont tristes. Je commence à la connaître assez pour savoir qu'elle joue la comédie avec ce sourire faux et ses éclats de rire que j'entends de loin. Elle jette des regards furtifs dans notre direction. Je ne suis pas mieux, je n'arrête pas de la regarder du coin de l'œil!

Je me lève, me dirige vers elle. Je me penche, lui chuchote quelques mots. Incognito, je lui glisse un objet à la main. Après avoir salué ses amies, je retourne rejoindre ma *gang*.

Quelques minutes plus tard, elle vient me voir.

- Tiens, Kel, tu as oublié ça à la maison ce matin.

Elle me remet mon lecteur MP3, que je lui ai glissé dans la main quelques minutes plus tôt. Il fallait bien que je trouve une excuse pour qu'elle vienne vers nous sans que mes amis pensent qu'elle est un pot de colle!

- Veux-tu t'asseoir avec nous?

Ma cousine acquiesce avec un sourire radieux.

Et voilà, je viens de lui donner une nouvelle occasion de jaser avec Matthew sans avoir l'air tache. Et en plus, cette action démontre que j'enterre, pour de bon, la hache de guerre. Je crois que la petite voix en moi a parlé!

J'observe Matt et Soph. Ils semblent bien s'entendre. Et, si je sais bien lire, Matthew semble boire chacune des paroles de ma cousine. Est-ce que je me trompe?

Chapitre 7

Attitude californienne

- Ça suffit! Arrête de te moquer de moi! *Come on!*

- J'arrête dès que tu arrêtes de parler comme ça.

- *What?* De quoi tu parles?

Antoine me taquine depuis le début de notre conversation téléphonique. Il dit que j'ai maintenant un accent quand je parle. C'est impossible qu'en deux mois seulement, je sois devenue une Anglaise!

- *Anyway*, ce n'est pas pour que tu m'écœures avec mon accent que je t'ai appelé!

- Ah non! Alors pourquoi…

- Arrête de niaiser! BONNE FÊTE!

- Tu y as pensé… Merci…

Il paraît gêné.

- Connecte-toi sur Skype, je veux te voir.

À peine quelques secondes plus tard, je peux voir mon amoureux devant moi, les joues rouges et les yeux pétillants. Je vois Noémie derrière lui, comme prévu.

- Alors, comme tu es à des milles à la Ronde, je ne suis pas là pour te donner un cadeau…

- Ce n'est pas grave, ma puce, juste de te voir ça me fait plaisir!

- Moi, je ne suis pas là, mais Noémie par contre…

Noémie lui tend une boîte bien emballée – gracieuseté de ma mère. Antoine est ému et n'a même pas ouvert le cadeau encore!

- Merci… Tu es trop fine!

- Allez, ouvre vite!

Sur ce coup, je suis plutôt fière. Il ne s'attendait vraiment pas à ce que je lui envoie un présent de la Californie. Car ce qu'il y a dans la boîte, je l'ai envoyé à ma mère – qui a eu la gentillesse de payer le transport! – pour qu'elle puisse préparer le cadeau, que Noémie est ensuite allée chercher. Tout était calculé au quart de tour.

Dans ses mains, Antoine tient un album identifié « Hollywood » contenant des photos de tournage de plusieurs films. De vraies photos! En signe de remerciement, il prend l'écran de son ordinateur, comme s'il s'agissait de moi. Un énorme câlin électronique. Je suis *in love* avec mon copain virtuel!

Sophie-Ann entre en trombe dans ma chambre. Le moment d'amour hyper romantique que je vivais avec Antoine vient de se crever comme un vulgaire ballon. Elle parle de sa petite voix aiguë qui me tape sur les rognons parfois… et de plus en plus souvent. Qu'est-ce qui presse tant pour qu'elle n'ait pas le temps de cogner à ma porte avant d'entrer? Elle n'a pas compris, depuis le temps que je suis ici, que les quelques fois que je ferme ma porte, c'est parce que je veux de l'intimité?

Je m'empresse de lui faire part de ma pensée dès que son pied franchit le seuil de ma chambre.

Je me dépêche de saluer mon amie et mon amoureux et ferme mon ordinateur d'une main.

- Qu'est-ce que tu veux?

- EH! Ce n'est pas une façon de m'accueillir. Bonjour aurait fait l'affaire!

- Tu me déranges à un très mauvais moment. Reviens plus tard. Et en cognant cette fois-là!

- Ce que tu es bête!

Et là, encore une fois, une chicane éclate. J'en marre que nous nous disputions si souvent. Autant nous sommes complices, autant on dirait que nos caractères ne sont pas faits pour aller ensemble. Est-ce pour ça qu'on dit que parfois la ligne est mince entre l'amour et la haine?

Tu n'es qu'une si, et toi une ça. Je suis tannée de te voir. Tu n'es pas du monde. Les insultes volent de partout. Et là, elle lâche le morceau. Un gros morceau qui me transperce le cœur.

- J'ai tellement hâte que tu partes de ma maison! Je te déteste!

Nous nous obstinons souvent. OK. Elle est un vrai moulin à paroles sans bouton « off ». Parfois, je dis bien parfois, je suis peut-être un peu trop dans ma bulle. Mais au point de détester ma cousine? Non quand même! Je l'aime bien. Elle m'a accueilli à bras ouverts chez elle, m'a laissée entrer dans sa famille, m'a fait rencontrer ses amis. De mon côté, je couvre ses histoires d'amour avec Matthew pour m'assurer que ses parents n'en sachent rien. Mais là, Je suis vraiment frustrée! C'est une dispute de trop!

Je claque la porte et je me lance sur mon lit. Et je pleure comme une Madeleine. De grosses larmes incontrôlables. J'ai le goût de frapper, de me défouler. Je n'en peux plus.

Sans même avertir, je sors de ma chambre, enfile mes espadrilles et... je cours. Je cours sans même réfléchir, seulement pour me défouler. Je cours à en perdre le souffle. Ça fait terriblement du bien. Dans mon cœur et dans ma tête, je me sens étrangère. Mon entourage est loin. Je suis dans un autre pays. Et mes sentiments sont vraiment tout mélangés et à fleur de peau.

Je fais un sprint final et m'écrase sur la chaise de parterre dans la cour. Mes larmes sont séchées et mes joues rougies.

Kate me fait sursauter en se laissant tomber à côté de moi.

Je lui demande ce qu'elle fait là. Elle me répond qu'elle m'a vu courir comme une folle dans la rue. Elle se demandait bien ce qui se passait avec moi!

Et là, je me vide le cœur. Je lui parle de mon angoisse, de mon ennui, des chicanes répétitives avec ma cousine. Sans que je m'y attende, Kate se met à parler elle aussi. De quelque chose qui rend mes problèmes très relatifs. Et surtout, très futiles.

Kate me raconte que son petit frère a un handicap très lourd. Il est âgé de huit ans, mais a l'âge mental d'un enfant de trois ans. Il est en fauteuil roulant, parle très peu.

Pourquoi je n'ai jamais entendu parler de lui avant? Quand le médecin a annoncé à la mère de Kate – ses parents sont divorcés – l'état de santé de Ryan, elle était bien décidée à s'en occuper elle-même. Mais le manque de sous, de temps et d'énergie est venu à bout d'elle. À l'âge de quatre ans, Ryan était devenu un fardeau pour toute la famille. La maman de Kate a trouvé une famille pour accueillir le petit garçon. Une famille qui a les ressources nécessaires pour s'en occuper. Depuis ce temps, Ryan vient en visite certains week-ends. Et Kate va le voir fréquemment.

À la fin du récit de mon amie, mes larmes se sont mises à couler à nouveau. Mais pas pour les mêmes raisons. Des larmes de compassion, d'abord, mais aussi des larmes de culpabilité. Car je me rends bien compte que je me plains le ventre plein. Mes peines et mes petits malheurs ne sont rien comparativement à ceux des autres. Et surtout, ma peine est bien passagère.

Deux semaines. C'est tout ce qui reste à mon périple. Dans ma tête, une tonne de souvenirs, de sourires, de décors magiques. Sur mon cœur, des amitiés que je n'ai pas le goût de quitter, quoique j'aie hâte de retrouver les miens. De retrouver mon bonheur, ma routine, mon entourage. Et mon lit!

Mon carnet de voyage est quasi plein. Il ne reste que deux pages à compléter. Je m'en suis gardé une pour le retour. Des photos, des mots, des notes, des dessins. Je suis fière de moi. Un résultat qui me permettra de plonger dans l'univers de la Californie quand bon me semblera.

Comme il me reste peu de temps à passer ici, j'essaie d'en profiter au maximum. Je me suis fait de bons amis que je n'ai pas le goût de quitter. Kate est une fille géniale et j'essaie de la convaincre de venir au Québec pour faire de la planche à neige. Il y a Matthew aussi, avec qui je m'entends bien. Même si l'histoire d'amour entre lui et ma cousine n'a pas fait long feu, je continue à lui parler quand même. Sophie-Ann va s'en remettre! Et Matthew est un gars vraiment drôle. Je me suis beaucoup attachée à cet endroit!

Mais il y a aussi Antoine; ça fait presque trois mois je ne l'ai pas vu. En vrai, je veux dire. J'anticipe le moment où je vais le revoir. Probablement chez moi. S'est-il autant ennuyé que moi? Est-ce que nous serons aussi amoureux que nous l'étions avant mon départ? Y aura-t-il une Catherine à l'école qui viendra mettre la bisbille dans notre couple? J'ai confiance cette fois-ci. La façon dont nous nous sommes parlé au téléphone, et puis après avoir vu briller ses yeux sur Internet; je pense bien qu'il attend aussi impatiemment que moi mon retour. J'ai hâte d'être arrivée et d'être avec lui. Tout va bien aller. Il le faut. Antoine, ce n'est pas un amoureux ordinaire, j'ai l'impression que je vais passer une partie de ma vie avec lui. C'est du sérieux, pas qu'une simple amourette.

C'est bizarre, on dirait que le retour à ma nouvelle vie m'angoisse. Je suis excitée de revoir tout le monde, mais je me suis si bien intégrée ici que j'ai l'impression d'être chez moi.

Chapitre 8

Prise deux

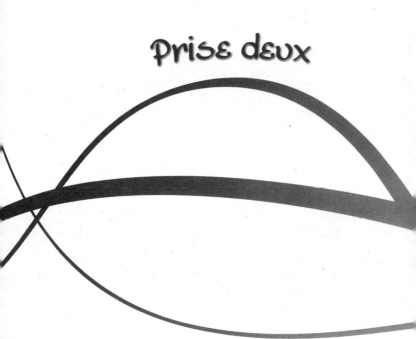

Tout ce qui monte doit redescendre. Tout ce qui part doit revenir. Et voilà, j'ai l'impression de faire un bond en arrière, de revenir à il y a trois mois. Par contre, cette fois-ci, je sais ce qui m'attend à l'autre bout. Enfin, je me doute un peu de ce qui m'attend. Je sais que mes parents seront là, accompagnés de Samuel. J'ai promis à Noémie de lui téléphoner dès mon arrivée. Je n'ai pas parlé à Antoine, je ne sais donc pas quand je vais avoir de ses nouvelles.

Mon cœur bat quasi aussi fort qu'à mon départ de Montréal. Mais pas pour les mêmes raisons. Cette fois-ci, je m'en vais en terrain connu. Toutefois, j'ai l'impression que c'est moins connu qu'avant. Bizarre que la Californie soit devenue une zone aussi confortable pour moi… et que mon retour à la maison m'angoisse. Je crois qu'il y a une part d'excitation dans cette angoisse incontrôlable.

Je plie les derniers vêtements que j'ai trouvés dans le tiroir de la commode. Je place soigneusement les couvertures sur mon lit. J'y dépose une enveloppe.

Une enveloppe, deux lettres. Une pour mon oncle et ma tante, qui m'ont si gentiment accueillie dans leur maison, qui m'ont traitée comme leur fille. Je ne serai jamais assez reconnaissante. Une lettre qui les remercie de tout ce qu'ils ont fait pour moi. Car grâce à eux, j'ai une tonne de souvenirs fabuleux en mémoire.

Une autre, celle-là pour ma cousine. Sophie-Ann, avec qui j'ai connu des hauts et des bas, mais avec qui j'ai eu beaucoup de plaisir et de moments de folie. Ma tante n'arrête pas de dire que si nous nous chamaillons autant, c'est parce que nous nous ressemblons trop. J'ai peine à le croire. C'est n'importe quoi! Noémie et moi, nous avons plein de points communs et nous ne passons pas notre temps à nous obstiner. Mais bon, dans la lettre, ce n'est pas ce que je lui dis. Je lui dis plutôt que le temps passé ensemble est empreint à jamais dans mon cœur. Que je n'oublierai aucun fou rire, aucune chicane non plus. Car dans ces querelles, nous nous sommes rapprochées, nous avons appris à nous connaître. Et nous avons développé une relation unique. Qui nous appartient.

Mes trois mois avec Sophie-Ann ont parfois été compliqués, mais j'en garderai un excellent souvenir. Elle me manquera beaucoup. En fait, je crois que si nous nous sommes autant querellées, c'est parce qu'elle est comme la sœur que je n'ai jamais eue. Voilà. Et c'est ce que j'ai voulu lui dire dans cette lettre qu'elle découvrira probablement à son retour de l'aéroport.

L'ambiance est plutôt morne dans l'auto. Soph ne parle presque pas. Elle s'est appuyée contre mon épaule. Ma tête est appuyée contre la sienne. Comme deux amies, deux sœurs. Réunies dans un silence où les mots n'ont pas leur place. Chacune de notre côté, nous savons très bien comment l'autre se sent. Un silence rempli de promesses de se revoir bientôt, de se parler fréquemment, de s'envoyer des photos et des lettres. Ces trois mois ont été aussi enrichissants pour elle que pour moi.

Mon cœur est déchiré entre la joie de retrouver Sainte-Patrie et la tristesse de quitter la Californie. C'est bizarre, c'est le même sentiment que j'avais en quittant le Canada il y a trois mois. Mais à l'envers. Ce que la vie est drôlement faite! J'ai tellement hâte de me lover dans les bras d'Antoine, de jaser avec Noémie jusqu'à tard dans la nuit, de souper avec mes parents et Samuel. J'ai hâte de voir les premiers flocons de neige tomber – bah, pas tant que ça en fait! Je suis plutôt impatiente de retrouver ma routine, mon univers confortable, ma maison, mon lit. Mes affaires. Mon école. Mes amis.

À l'aéroport, les adieux n'en finissent plus.

- On se promet qu'on s'appelle régulièrement.

- Promis. Essaie de revenir vite!

- Et toi, viens me voir à Sainte-Patrie!

Ma cousine se retourne vers ses parents :

- Vous avez compris le message, j'espère! On doit aller voir Sainte-Patrie.

Mon oncle me jette un clin d'œil. C'est bon signe!

Dernières bises. Ma valise est déposée. Je dois maintenant passer la sécurité.

Dans l'avion, après le décollage, je sors le petit carnet rose de mon sac. Tranquillement, je le feuillette. Hier, nous

nous sommes assis, toute la « famille »,
pour choisir les photos les plus réussies.
Ma tante a acheté du papier photo afin que
je puisse imprimer mes souvenirs. J'ai donc
pu remplir les trous que j'avais laissés dans
mon carnet.

Des photos de paysage, de Los Angeles,
de Joshua Park, de Kate, de la *gang* de
la classe, de Soph et moi. Des tonnes
d'images qui, en plus d'être gravées dans
ma mémoire, sont maintenant collées dans
mon carnet de voyage.

Chaque photo me fait sourire. Je relis
chacun des mots que j'ai écrits. Mon cœur
est rempli de bon temps, de soleil, de
chaleur. Je suis déjà nostalgique, même si
je viens seulement de quitter la Californie.
La plus belle expérience de ma vie. J'écris
les dernières phrases qui compléteront
bien mon carnet. Des phrases qui concluent
mon voyage.

Je quitte un endroit où les gens ont le cœur aussi chaud que le soleil qui y plombe. Ce n'est pas un adieu, seulement un au revoir. Car je reviendrai.

Je quitte le chaud soleil de la Californie pour retrouver le début de l'hiver de Sainte-Patrie. Je croise les doigts pour que les choses n'aient pas trop changé…

Attention, Sainte-Patrie-des-petites-Prairies, Khelia et son teint bronzé arrivent!

Hollywood!

Table des matières

À venir :

Le monde de Khelia :
Ailleurs
(tome 8)

**Romans déjà parus de la même auteure
(aux Éditions Z'ailées) :**

Série Le monde de Khelia

Tome 1 - *Le grand départ*
Tome 2 - *Entre deux*
Tome 3 - *Bienvenue à bord!*
Tome 4 - *En orbite autour de moi*
Tome 5 - *Bonheur au suivant*
Tome 6 - *Onde de choc*
Tome 7 - *Carnet de voyage*

www.lemondedekhelia.com

Collection Zone Frousse

La malédiction du coffre
Cauchemars en série
La maison piège
La plus longue nuit

Série Ping Pong (avec Richard Petit)

Coincé dans un manège brisé
« Safari-shopping » contre les filles
Guerre de mots au party de Gunzo

www.amylachapelle.com